サウルスストリート
博《はく》物《ぶつ》館《かん》

サウルスストリート

タイムトリップ!? すすめ!トリケラトプス

ニック・フォーク　作
浜田かつこ　訳
K-SuKe　画

サウルスストリート　タイムトリップ!?　すすめ！　トリケラトプス

美しい妻《つま》カーメンへ
きみの愛《あい》と支《ささ》えがなければ、今の僕《ぼく》はなかっただろう

ニック・フォーク

第《だい》1章《しょう》　恐竜《きょうりゅう》3D《スリーディー》ステッカー

「出して！」

中からドアをおしても、びくともしない。重《おも》い！　ウォルターったら外からよりかかってるんだ。

「スージー、お金をわたす気になったか？」

「ならない！」

「じゃあ、ずっとそこにいればいいさ」

なんでわたさなくちゃいけないの？　わたしのお金なのに。週にたった二十セントのおこづかいを、何か月もためてきたんだよ。わたし、どうしてもあのステッカーがほしいんだ。でも、早くしないと売り切れちゃう。そんな気がするの。

わたしは全体重《ぜんたいじゅう》をかけてドアをおしたけど、むだだった。ぴくりとも動《うご》かない。ああ、もう、腹《はら》が立つ！　もっと体が大きかったらなあ。体格《たいかく》が同じなら、ウォルターはわたしをクローゼットに閉《と》じこめようなんて思わなかったはず。

女の子だからとか、関係《かんけい》ない。わたしはあいつなんかより、ずっと強いもん。ウォルターは体が大きいだけの弱虫だ。だから、意地悪《いじわる》ばっかりする。なかよくしようとしないんだ。

「そこでなにをしてるの？」

グエンおばさんが階段《かいだん》を上がってきた。ウォルターがあわててドアからはなれたので、わたしはクローゼットからゆかの上にころがり出た。

「ぼくたち、かくれんぼしてたんだよ」

ウォルターは最高《さいこう》に愛想《あいそ》のいい声で答えた。

よろよろと立ち上がるわたしに向《む》かって、グエンおばさんはにっこり笑《わら》いかけた。

「あら、すてき。ふたりでなかよく遊《あそ》んでたのね」

おばさんはわたしの頭をなでた。

「あなたをかわいがってくれる年上のいとこがいて、ほんとによかったわね」

ウォルターは天使《てんし》のようにほほえみながら、片方《かたほう》の手をわたしのかたにかけた。それから、こっそりもう片方《かたほう》の手をのばして、太ももの裏側《うらがわ》をぎゅっとつねってきた。わたしはいっしゅんひるんだけど、悲鳴《ひめい》はあげない。ウォルターをいい気にさせるつもりはないもんね。

「下へいらっしゃい。コリンおじさんが卵料理《たまごりょうり》を作ってるわ」

グエンおばさんは、せかせかと自分の部屋《へや》へ向《む》かった。

それまで笑《わら》っていたウォルターは、おばさんが見えなくなると、急《きゅう》にしかめっ面《つら》になった。そして、わたしのうでを背中《せなか》へひねり上げて、おどすようにいった。

「お金をどこへかくしたんだ？」

「教えないよーだ」

わたしはウォルターの足をふみつけた。

「うっ」

ウォルターが思わずうでをはなしたので、わたしはウォルターをおしのけて、部屋《へや》へかけもどった。

ドアを閉《し》めて、おこづかいがちゃんとあるか、たしかめてみる。あった！

四ドル四十セント。これだけあれば、「限定版《げんていばん》！　暗《くら》やみでキラキラ光る恐竜《きょうりゅう》

3D《スリーディー》ステッカー」を一セット買える。

わたし、恐竜《きょうりゅう》が大好《だいす》きなんだ。パパとママは古生物学者《こせいぶつがくしゃ》で、恐竜《きょうりゅう》の骨《ほね》を発掘《はっくつ》してるの。

だから、両親《りょうしん》が発掘現場《はっくつげんば》から帰ってくるとき、おみやげはいつも化石《かせき》。ステゴサウルスのしっぽのとげとか、ブロントサウルスのあごの骨《ほね》とか。トリケラトプスの角の化石《かせき》をもらったこともあるんだ。大のお気に入りだから、いつもまくらの下に置《お》いてねむってる。特《とく》におばさんの家にとまるときはね。だって、いつウォルターにねらわれるかわからないもん。

最悪《さいあく》だよ。パパとママが発掘《はっくつ》に出かけるたびに、わたしはおばさんの家にとまらなきゃならない。サウルスストリートにある大きな古い家に。

家そのものは、すごくすてき。部屋《へや》のすみが変《か》わったつくりになっていたり、ほこりの積《つ》もった古い小部屋《こべや》があったり。気にくわない点はただ一つ。ウォルターがいるってこと。だって、わたし、ウォルターがきらいなんだもん。

「朝ごはんだぞー！」

コリンおじさんが大声で呼《よ》んでいる。

わたしはおこづかいを秘密《ひみつ》のかくし場所《ばしょ》にしまって、くつ下をはくと、大急《おおいそ》ぎで階段《かいだん》をかけ下りた。

第《だい》2章《しょう》　責任《せきにん》ある仕事《しごと》

　サウルスストリート24番地にあるおばさんの家では、朝食はいつも同じメニューだ。ゆで卵《たまご》のオレンジジュース煮《に》、うす切りベーコンの激辛《げきから》マスタードぞえ、それにゴールデンシロップをたっぷりかけたコーンフレーク二さじ。

「うまみ、辛《から》み、甘《あま》みがそろってるんだぞ！　一日のエネルギー源《げん》だ！」

　コリンおじさんはとってもほがらかな人だ。りっぱな口ひげをたくわえ、年じゅう、ツイードのジャケットを着《き》ている。たとえ外が四十度《ど》の暑《あつ》さでも、ぬいだことがない。

グエンおばさんは、小枝《こえだ》のようにやせっぽちだ。おばさんもひげがはえてる。おじさんのひげほど、ふさふさじゃないけどね。そして、家の中でも、大きくて重《おも》そうな帽子《ぼうし》をかぶっている。きょうは、元気にはねるシマウマのかざりがついた帽子《ぼうし》だ。

「ところで、わたしとグエンから話があるんだ」

わたしがいすの裏《うら》にこっそりとマスタードをなすりつけていたとき、コリンおじさんが切り出した。

「そうなのよ」

おばさんたら、ににたしながらウォルターを見ている。おばさんはウォルターがかわいくて仕方《しかた》ないんだ。ウォルターもやさしく見《み》つめ返《かえ》す。ウォルターに特技《とくぎ》が一つあるとすれば、それはいい子のふりをすることだ。

「ウォルター、おまえももう十二さいだ。少しは責任《せきにん》ある仕事《しごと》をあたえられてもいい年ごろなんじゃないかな」

　コリンおじさんは、ゴールデンシロップをもうひとさじすくって口に入れた。

「そこでだ、きょう一日、グエンと出かけているあいだ、おまえに留守番《るすばん》をまかせようと思う」

　ゆで卵《たまご》を食べようとしていたわたしは、ぎょっとして手を止めた。

　うわっ、なにそれ。

「いいか、責任者《せきにんしゃ》になるというのは大変《たいへん》なことだぞ。散《ち》らかしちゃいけない、こわしちゃいけない、居間《いま》にウマもウシも入れちゃいけない。まずいことが起《お》きたら、おまえが責任《せきにん》を負《お》うんだ」

「それから、いとこのスージーのめんどうも見てあげなくちゃね」

　グエンおばさんがつけくわえた。

「もちろんさ」

ウォルターの目がぱっとかがやく。

「おいしい昼食を作ってあげてちょうだい」

「うん、わかった」

わたしはあわててのこりのゆで卵《たまご》を口におしこんだ。きょうの食事《しょくじ》はこれが最後《さいご》かもしれない。

「退屈《たいくつ》させないようにね」

「ぜったい退屈《たいくつ》させないよ。まかせて。これから、宝《たから》さがしをしようかと思ってたんだ」

ウォルターはわたしを見て、にやっと笑《わら》った。

「まあ、すてきだわ」

グエンおばさんはいった。

とんでもない。ウォルターがさがしたいお宝《たから》はなにか、ちゃんとわかってるんだから。わたしのおこづかいだ。

コリンおじさんはナプキンをはずすと、ちょうネクタイを直した。

「グエン、そろそろ出かけないとな。ガーデンパーティーにはおくれちゃいかん」

グエンおばさんはさっと立ち上がると、お皿《さら》を片《かた》づけはじめた。

コリンおじさんは口ひげ用のくしを胸《むね》ポケットから取《と》り出《だ》すと、大またで洗《せん》面所《めんじょ》へ向《む》かった。

「それから、いっとくが」

とちゅう、おじさんはウォルターに大声でいった。

「家じゅう、どこへいってもいいが、屋根裏部屋《やねうらべや》だけはだめだぞ」

ウォルターは歯《は》ならびの悪《わる》い口を大きく開《あ》けて、にたーっと笑《わら》った。

「心配《しんぱい》しないでよ、パパ。屋根裏《やねうら》にはぜったいに近づかないからさ」

第《だい》3章《しょう》　屋根裏部屋《やねうらべや》の秘密《ひみつ》

「あんたのパパは、だめだっていったじゃない！」

「うん。でも、パパは、ここにはいないからな」

わたしはウォルターからのがれようとしたけど、うでをがっちりつかまれてどうしようもない。ウォルターは、わたしをひきずるようにして階段《かいだん》のいちばん上まで連《つ》れていった。屋根裏部屋《やねうらべや》のドアはもう目の前だ。木製《もくせい》ドアの黒いペンキがはげ落《お》ちかけているのが見える。

「おまえのこづかいのかくし場所《ばしょ》を教えろ。そうしたら、はなしてやる」

「でも、なにに使《つか》うの？」

「おまえの知ったことか」

ウォルターはわたしのうでをひねり上げた。

知ってるもんね、お金がほしい理由《りゆう》。また爆竹《ばくちく》を買うんだ。ニキビ面《づら》の友だちのスパッドが来たら、ふたりしてフェンスごしにウィルコットさんの庭《にわ》に爆《ばく》竹《ちく》を投《な》げこんで遊《あそ》ぶつもりだ。

「さあ、ぼくにこづかいをよこすのか？　よこさないのか？」

ウォルターはわたしの指《ゆび》をうしろ向《む》きにそらせた。あいたたっ！　でも、負《ま》けるもんか。

「あげない！　あれは、わたしのおこづかいだもん！」

わたしは大声でどなった。

「そうか、じゃあ、屋根裏部屋《やねうらべや》へ入れよ」

ウォルターはドアを開《あ》けにかかった。

屋根裏部屋《やねうらべや》は、この家でたった一つ、わたしがこわいと思う場所《ばしょ》だ。古ぼけた箱《はこ》や、虫に食われたマネキン人形がいやなんじゃない。わたしは、クモの巣《す》だってネズミだって平気《へいき》だ。

問題《もんだい》は、ドアノブ。

屋根裏部屋《やねうらべや》のかべからつき出している古い金属製《きんぞくせい》のドアノブだ。

コリンおじさんから、そのドアノブにまつわる話を聞いたことがあった。

昔《むかし》、この家には科学者《かがくしゃ》が住《す》んでたんだって。その科学者《かがくしゃ》は、屋根裏部屋《やねうらべや》に秘《ひ》密《みつ》のドアを作り、中にこもってはふしぎな実験《じっけん》を続《つづ》けていたらしい。ところがある日、科学者《かがくしゃ》がいなくなっちゃった。屋根裏部屋《やねうらべや》へ上がっていったまま、二《に》度《ど》と姿《すがた》を見せなかったんだ。秘密《ひみつ》のドアもいっしょに消《き》えて、のこったのはドアノブだけ……。

夜になると、そのドアノブがカタカタと音をたてることがあった。

ウォルターがドアを開《あ》けた。屋根裏部屋《やねうらべや》は暗《くら》くてかびくさかった。ここには窓《まど》がない。天井《てんじょう》から、はだか電球《でんきゅう》がぶらさがってるだけ。

「これが最後《さいご》だぞ」

ウォルターはにやにや笑《わら》っていたけど、ちょっぴり落《お》ち着《つ》かないみたい。

ウォルターも、屋根裏部屋《やねうらべや》がこわいんだ。

わたしはだんまりを決《き》めこんだ。あのおこづかいは見つかりっこない。ぜったい安全《あんぜん》な場所《ばしょ》にかくしてあるんだから。

「じゃあ、入れよ」

ウォルターはわたしの背中《せなか》をどんとおして屋根裏部屋《やねうらべや》へ入れると、ドアを閉《し》め、カギをかけた。

とうとう閉《と》じこめられちゃった。

第《だい》4章《しょう》　ドアがないドアノブ

わたしは部屋《へや》の中を見回した。なにか動《うご》く音が聞こえるけど、たぶんネズミだろう。屋《や》根《ね》裏《うら》にはネズミがたくさんいるからね。

コリンおじさんはいつも、あいつらをなんとかするっていってるけど、なんにもしたためしがない。けっこう好《す》きなんじゃないかな。だって、「ネズミがいると、古い家らしい感《かん》じになるよな！」っていうのが、おじさんの口ぐせだもん。ほんとにそうだと思うな。それに、ネズミはなにも悪《わる》くないよね。

クモはよくわかんない。ここにある箱《はこ》はどれもクモの巣《す》まみれで、ねばねばしてる。屋根裏《やねうら》で動《うご》き回《まわ》ったら、体じゅうにクモの巣《す》がはりついちゃうんだ。なかには、でっかいクモもいるし。

黒い目と赤いくちびるをしたマネキン人形が、じっとこっちを見ていた。グエンおばさんは洋服《ようふく》を手作りしていたから、マネキン人形をたくさん持《も》ってるんだ。古くなったら屋根裏部屋《やねうらべや》いき。ここにあるのは、顔の一部《いちぶ》がとれちゃってるものばかり。そんなのといっしょにいるのはいい気分じゃないけど、こわがらないことに決《き》めた。だって、こわがったら、ウォルターの勝《か》ちだもん。

それは、ぜったいにいやだ。

わたしは古いシーツをつかむと、こっちを見ているマネキン人形にかけた。

うん、このほうがまし。

わたしのところからドアノブは見えないけど、あるのはわかっていた。きっとコリンおじさんの古い事務《じむ》いすのかげになってるんだ。くねくねした形の細長い金属製《きんぞくせい》のドアノブだ。こういうの、森の中の古いお城《しろ》にならあるかもしれない。そんなお城《しろ》には、けものが住《す》んでるのかも。

ウォルターがいうには、その消《き》えた科学者《かがくしゃ》は、今もかべの向《む》こう側《がわ》に閉《と》じこめられてるんだって。ひふはくさって落《お》ちて、骨《ほね》だけがのこってるって。だれかが助《たす》けに来るのを待《ま》ちわびて、かべをガリガリとひっかく夜もあるらしい。

もちろん、ウォルターはうそつきでいやなやつだから、そんなの、口から出まかせに決《き》まってる。でもやっぱり、あのドアノブのそばへは、あまり近よりたくないなあ。

なのに、わたしはドアノブを見ずにはいられなくなった。自分でもよくわからないけど、そういう気持《きも》ちになっちゃった。いろいろ想像《そうぞう》するから、よけいにこわいんだ。実際《じっさい》に見てみたらわかる。あんなのは、ただの古ぼけた金属製《きんぞくせい》のドアノブだ。

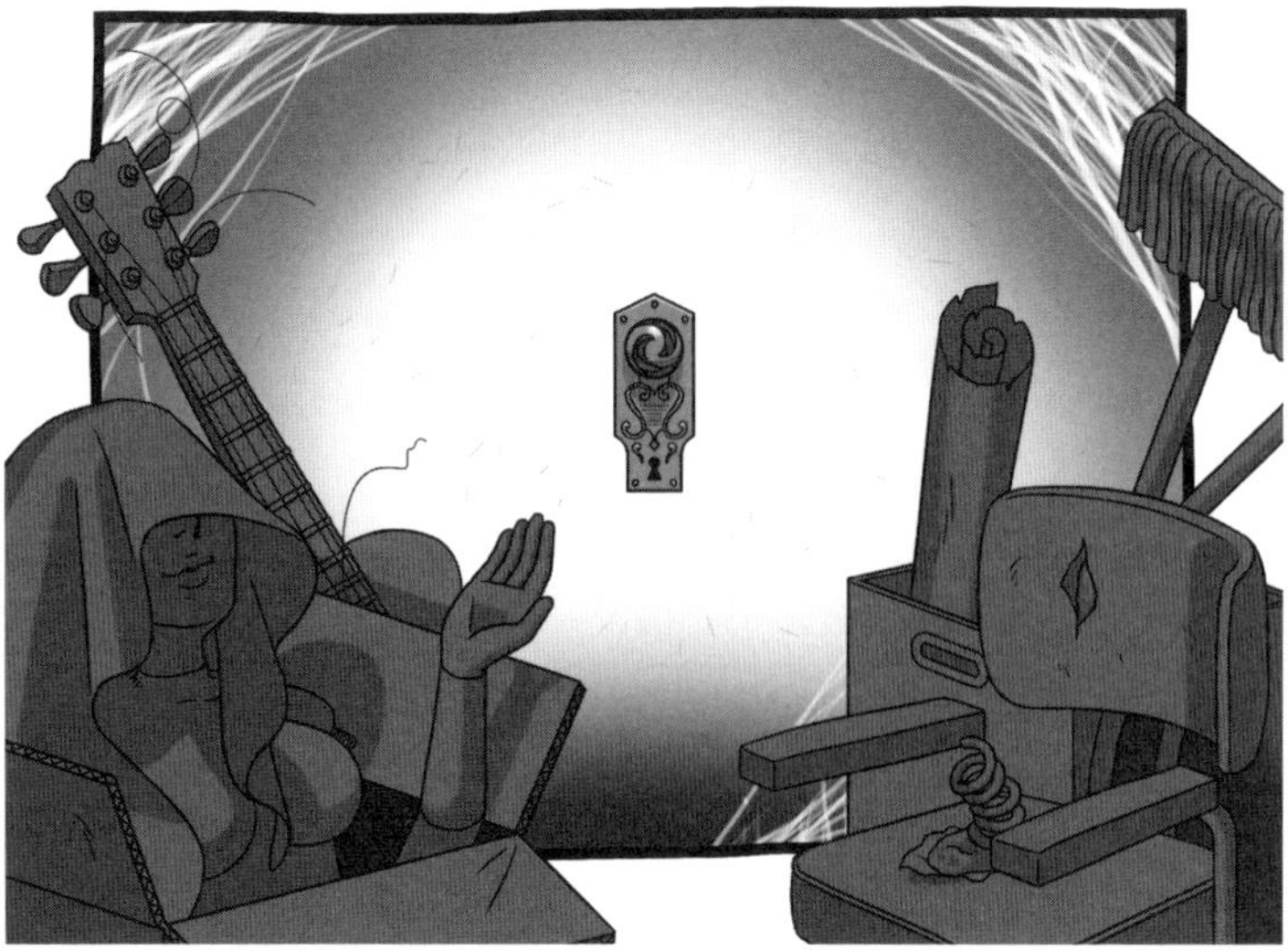

部屋《へや》のすみに柄《え》の折《お》れたほうきが立てかけてあった。わたしはそのほうきを使《つか》って、事務《じむ》いすを片側《かたがわ》へおしやろうとした。いすの脚《あし》にはキャスターがついてるけど、さびていてなかなか動《うご》かない。ぐっと力をこめておしたら、キーッときしむ音をたてながら、いすはゆっくりとはしへよった。

ついにドアノブが目の前にあらわれた。

なにもない、まっ白なかべからつき出している。

ドアがないドアノブ。

大きく息《いき》をすいこむと、わたしは勇気《ゆうき》を出してじっくりと見た。だって、ただのドアノブだもん。こわがるなんてばかげてる。なにか起《お》きるかなと息《いき》を殺《ころ》してじっと待《ま》ったけど、ドアノブはそのまんま。なにも起《お》きたりしなかった。

たぶん、ちょっとさわったら、こわくなくなるかも。

「屋根裏部屋《やねうらべや》はどうだい、弱虫ちゃん？」

ウォルターがまだドアの向《む》こう側《がわ》にいる。わたしが泣《な》きだすのを待《ま》っているんだ。ほんと、いやなやつ！

もう一度《いちど》、息《いき》をすいこむと、わたしはかべに向《む》かって歩きだした。もう八さいだもん。くだらない古ぼけたドアノブをこわがるほど、お子さまじゃない。

まっすぐドアノブのところまでいくと、手前で足を止めた。少しのあいだ、注《ちゅう》意《い》してながめてみる。やっぱりなにも起《お》きなかった。

こうなったら、さわってみるしかない。
よしっ。
そろそろと手をドアノブに近づけていく。あともう少し……。
キ――。
ドアノブが回った。ひとりでに。
わたしは、きゃっとさけんで飛《と》びのいた。
そのとき、明かりが消《き》えた。

第《だい》5章《しょう》　かべの向《む》こう側《がわ》

「ウォルター！　明かりをつけて！」

スイッチは、ろうか側《がわ》にある。ウォルターがわざと切ったんだ。

「おーやおや、小さいお子ちゃま。こわくなってきたんでちゅか？」

ドアノブがカタカタ音をたてはじめた。

だれかがこっちへ入ってこようとしている。あの科学者《かがくしゃ》だ。きっとそうだ。

わたしは必死《ひっし》であとずさった。でも、まわりが見えない。部屋《へや》の中、まっ暗《くら》なんだもの。わたしは箱《はこ》につまずいてころんでしまった。顔もうでも、クモの巣《す》だらけになった。

「ウォルター、お願《ねが》い！　明かりをつけて！」

ウォルターは笑《わら》って相手《あいて》にしてくれない。

「おまえを……つかまえちゃうぞー」

おっかないモンスターの声まねをしている。

いつもだったら、そんなのへっちゃらだ。だけど、今は、なにもかもがこわいよー。

「明かりをつけてったら！」

ドアノブがカタカタいうのが止まった。ふいに、なにかが、かべにドシンと当たった。かべの向《む》こう側《がわ》からぶつかってきてるんだ。

早くここから出なくちゃ。

明かりがほしい。わたしはポケットに手をつっこんだ。ペンライト、持《も》ってたかな。ない。でも、ほかになにかあるみたい。取《と》り出《だ》してみた。おもちゃの魔法《まほう》のつえだ！

「ヒュー……ヒュー……ヒュ――」

モンスターの息《いき》づかいをまねている。おばかなウォルター。かべにぶつかる音が聞こえてないんだ。もし聞こえたら、ふざけてる場合じゃなくなるはず。

魔法《まほう》のつえをふってみると、先っぽのライトがついた。ほんの小さな明かりだけど、すぐそばにあるものくらいは見える。わたしは前に進《すす》んだ。

うわっ！

顔が！　目の前に！　マネキン人形だった。わたしはマネキン人形をわきにおしやると、よろよろとよけて通った。ドスッ！　ドスッ！　ドスッ！という音が、かべにひびく。

わたしは魔法《まほう》のつえを持《も》ち上《あ》げると、目をつぶった。とにかくやってみよう。

くるくる三度《さんど》回り、心をこめてつえをひとふりする。

「今こそ願《ねが》いをかなえたいんです。どうか力をかしてください」

ちかちかとまたたいて、電池が切れた。魔法《まほう》のつえはあっけなく終《お》わった。

またまっ暗《くら》やみだ。わたしは自分の居場所《いばしょ》をつきとめようと、夢中《むちゅう》で手をのばしてあたりをさぐった。

そのとき、なにかがわたしの手にふれた。冷《つめ》たくてかたい、金属《きんぞく》だ。にぎると、その金属《きんぞく》はくるりと回転《かいてん》して下向《したむ》きになった。どうしよう、これ、ドアノブだ。

かべにひびいていた音がやんだ。息《いき》を殺《ころ》していると、今度《こんど》はべつの音が鳴りだした。低《ひく》くひびいて、あたりの空気をふるわせるようなゴロゴロという音。

かべだ。かべが開《ひら》きはじめてるんだ。

第《だい》6章《しょう》　ゾンビがあらわれた!?

わたしは大あわてでひき返《かえ》した。なににぶつかろうとかまわない。とにかくかべからはなれなきゃ。

ギィ――ときしむような音が聞こえた。かすかな光が部屋《へや》の中に流《なが》れこみ、かべにできた入り口のりんかくが見えた。それから、もう一つ。大きくて動《うご》くもののかげも。

「ウォルター！　ウォルター！」

わたしは屋《や》根《ね》裏《うら》部《べ》屋《や》の戸口までいくと、ドアをドンドンとたたいた。

「小さいお子ちゃまは、暗《くら》い部屋《へや》がこわいのかな？」

ウォルターはいった。

「ドアを開《あ》けて！　開《あ》けてったら！」

わたしは大声でどなった。

「うーん、おなかすいちゃったな。あっちでパンでも焼こうかな」

こっちは、なにやら息《いき》づかいまで聞こえてきた。ほんとうにぞっとするような息《いき》づかいだ。低《ひく》くて、あらあらしい。たぶん、例《れい》の科学者《かがくしゃ》がゾンビになって、わたしを食べに来たんだ。

「ウォールター――――！」

わたしは悲鳴《ひめい》をあげた。

ウォルターはうれしそうに声をあげて笑《わら》うと、「じゃあな」といって、階段《かいだん》を下りていってしまった。

重《おも》そうな足取《あしど》りで、なにかがゆっくりとわたしのほうへ歩いてくる。屋根裏《やねうら》部屋《べや》を横切《よこぎ》ってくるうちに、箱《はこ》やマネキン人形が、次々《つぎつぎ》とゆかへころげ落《お》ちた。ゾンビだ。きっとゾンビだ。

わたしは武器《ぶき》になるものはないか、さがし回った。見つかったのは、こわれたハンガー一つだけ。わたしはハンガーをぐっとにぎりしめて身《み》がまえた。

ゴロゴロ、ゴロゴロ。

かべの入り口が閉《し》まりはじめた。ゾンビといっしょに、ここに閉《と》じこめられちゃう。もうにげられないんだ。

足音がだんだん近づいてきた。そいつはうなり声をあげた。低《ひく》くかすれたうなり声だ。わたしは屋根裏部屋《やねうらべや》のドアを力まかせにたたいた。けれど、しっかりカギがかかっている。だめだ、出られない。

ド――――ン！

ついに、かべの入り口が閉《し》まった。わたしはくるりと体の向《む》きを変《か》えた。これで終《お》わり。わたしはこのまま死《し》んじゃうんだ。

ゾンビはよたよたと、わたしのまん前までやってきた。もう数センチしかはなれていない。それから、身《み》を乗《の》り出《だ》して、顔をわたしの頭にぐいっとおしつけて……。

くんくん、くんくん。

かみの毛のにおいをかいだ。

心臓《しんぞう》がどきどきしていた。手をのばしてみる。かたくてざらざらしたひふにふれた。鼻《はな》もある。大きな角のついた鼻《はな》。なにものだろう？　これは、ゾンビじゃないみたい。

第《だい》7章《しょう》　食《く》いしん坊《ぼう》な友だち

　モンスターはおなかがすいていたらしい。もう一時間以上《いじょう》も、この屋根裏部《やねうらべ》屋《や》にあるものを片《かた》っぱしからむしゃむしゃ食べていた。特《とく》にマネキン人形がお気に入りみたい。マネキンの頭をバリバリと食いちぎっていく。そして、ときどきわたしのかたに鼻《はな》をすりよせる。なにものかはわからないけど、とっても人なつこい。

「ああ、スージー。スージー。ス――ジ――」

ウォルターがもどってきて、ドアの外から声をかけてきた。わたしはじっと口をつぐんだまま、死《し》んだふりをしている。今度《こんど》は、ウォルターがこわがる番だ。モンスターはあいかわらず、むしゃむしゃやっていた。マネキン人形は食《た》べ終《お》わって、箱《はこ》に取《と》りかかっている。コリンおじさんが集《あつ》めた切手のコレクションも食べちゃうのかな。おじさん、おこるだろうな。

「弱虫ちゃん、まだ、そこにいるんだろう?」

わたしはひたすらじっとしていた。聞こえるのは、バリバリ、モグモグとかむ音だけ。わたしが食べられちゃったって、思いこんでくれないかな。ウォルターが耳をすます気配《けはい》がする。たぶん、ドアに耳をおし当ててるんだ。

「部屋《へや》を散《ち》らかしてなきゃいいけど」

よーし、だんだん心配《しんぱい》になってきてるぞ。ウォルターは留守番《るすばん》をまかされたんだから、わたしが散《ち》らかしたら、ウォルターの責任《せきにん》だもんね。

ガリガリガリ!

モンスターが電球《でんきゅう》を片《かた》っぱしからたいらげていく。

「今のはなんだ？　なにかこわしてるのか？」

ウォルターは、はっとしたようにいった。

わたしがだまったままでいると、ウォルターは文句《もんく》をいいながら、ごそごそと屋根裏部屋《やねうらべや》のカギをさがしだした。

「なにもこわすんじゃないぞ。だって、そんなことをしたら、ぼくが――」

カチャッ。

「なんで明かりがついてないんだ？」

ドアを開《あ》けたウォルターが、戸口にあらわれた。

「スージー？　スージー？」

中のようすをうかがっている。

「どこにいるんだ、おばかさん？」

モンスターがなにかをやぶりだした。あれは服《ふく》だ。はっきりいって、好《す》ききらいなしだね。

ウォルターはまたぶつくさいいながら、ろうかの戸だなのほうへいった。そして、懐中電灯《かいちゅうでんとう》を見つけてくると、スイッチを入れた。

「かくれてないで、出てくるんだ」

こわい声を出しておどかそうとしているけど、おっかなびっくりだ。わたしにはわかる。ウォルターはおそるおそる部屋《へや》に入ってきた。

「スージー？　どこなんだ？」

さっと左へよると、ウォルターは山のように積《つ》み上《あ》げられた箱《はこ》のあたりを照《て》らした。

「かくれるのは、やめろってば。くだらないことをして」

がみがみどなってるけど、ウォルターはたまらなく不安《ふあん》になってきている。

モンスターがまたバリバリと大きな音をたてた。

「ほら！　ここにいた！」

ウォルターは音のするほうに懐中電灯《かいちゅうでんとう》を向《む》けると、わたしとモンスターのほうへ歩いてきた。

モンスターがうなり声をあげた。

ウォルターはぎょっとして、その場に棒立《ぼうだ》ちになった。でも、またすぐに気を取《と》り直《なお》して進《すす》みはじめた。

「ほんと、頭悪《わる》いよなあ。そんなことで、ぼくをおどろかせるとでも思ってんの？」

ウォルターの声がふるえている。

わたしはじっと静《しず》かにしていた。ウォルターはどんどん近づいてくる。

「見つけ出してやるから、そこでおとなしく待《ま》ってろ。もうすぐ……なんだ、これ？」

ウォルターがモンスターと正面《しょうめん》しょうとつしちゃった。持《も》っている懐中電灯《かいちゅうでんとう》がぱっと上を照《て》らす。黒くてでっかい顔が、ウォルターの目の前にぬっとあらわれた。

「ガルルルル」

そのでっかい顔がふきげんそうにうなった。

ウォルターはまっ青《さお》になって、悲鳴《ひめい》をあげた。

きゃっ、ひぇ――、ぎゃ――！

そして、息《いき》が切れるまでさけび続《つづ》けると、白目《しろめ》をむいてゆかにへたりこみ、気をうしなってしまった。

モンスターがわたしのほっぺたに鼻《はな》をすりよせる。わたしは懐中電灯《かいちゅうでんとう》を拾《ひろ》い上げると、新しい友だちを照《て》らしてみた。四本の足に、ずんぐりしたしっぽ。

それに、頭には三本の長い角。
うそでしょ。これって、トリケラトプスだ。
本物《ほんもの》の生きてるトリケラトプスなんだ。
夢《ゆめ》みたい！　魔法《まほう》のつえが、わたしの願《ねが》い事《ごと》をかなえてくれた！

第《だい》8章《しょう》　ドアノブの小さな字

「そいつ……どこから来たんだよ？」

苦《くる》しそうに息《いき》をしながらウォルターがたずねた。トリケラトプスからできるだけはなれようとして、部屋《へや》のすみにうずくまっている。

「ドアノブのついたかべの向《む》こうからだよ。わたし、ゾンビかと思ったんだから」

アンティークの時計にかぶりついたトリケラトプスは、がつがつともう半分くらい食《た》べ終《お》えている。

「どうやって追《お》いはらうんだ？」

ウォルターがかすれ声できいた。

「追《お》いはらうって、なんでよ？」

そんなばかげた考え、聞いたことない。

「こわし屋《や》だからだ！」

たしかに。トリケラトプスは、マネキン人形十二体と、部屋《へや》にあったたくさんの箱《はこ》と、コリンおじさんのビンテージもののツイードのジャケット三着《ちゃく》を食《た》べ散《ち》らかしちゃった。おじさん、すねるだろうな。

「ドアノブはどうした？」

ウォルターがいいだした。

わたしはかべのほうを見た。なんにもない。まっ白でまっ平《たいら》。そこにとびらが開《ひら》いたなんて、だれも想像《そうぞう》つかないいんじゃないかな。ドアノブは下に落《お》ちていた。ゆかにころがっている。きっと、回したときに折《お》れたんだ。

「うっそー、わたし、こんなに力持《ちからも》ちだったっけ？」

わたしはドアノブを拾《ひろ》いにいった。

「見て、なにか書いてある」

ドアノブの台座《だいざ》に小さくて細長い字がほりつけてある。鼻《はな》がくっつくくらい顔を近づけないと見えない。

「なんて書いてあるんだ？」

ウォルターがきいた。

わたしは声に出して読みだした。

「時間移動装置《いどうそうち》。

時計回りに回すと過去《かこ》へ。反《はん》時計回りに回すと未来《みらい》へ。

電池不要《ふよう》」

そういうことか！　ここに住《す》んでいた科学者《かがくしゃ》は、時間移動装置《いどうそうち》を発明《はつめい》して、べつの時代《じだい》へタイムトリップしたんだ。だから、行方不明《ふめい》になっちゃった。白亜紀《はくあき》へいって、恐竜《きょうりゅう》といっしょにくらしてるのかな。それとも未来《みらい》へいったのかな。わたしなら、ぜったい未来《みらい》だ。きっとすてきなおもちゃがいっぱいあると思うから。

「スージー、それを使《つか》うんだ！　早く恐竜《きょうりゅう》を送《おく》り返《かえ》そう！」

トリケラトプスが、グエンおばさんのウエディングドレスをむしゃむしゃ食べるのを、ウォルターは目を丸くしてながめている。でも、しょうがないよ。ピンク色をしたふわふわのドレスって、綿菓子《わたがし》みたいだもん。

ウォルターは留守番《るすばん》をまかされるのが、ますますいやになってきたみたい。おっかなびっくりドレスを取《と》り返《かえ》そうとしたけど、間に合わなかった。トリケラトプスはごっくんとドレスを飲《の》みこむと、今度《こんど》はデザートをさがしはじめた。

ウォルターをおしのけ、ドスッドスッと階段《かいだん》を下りていく。

「やめてくれー」

ウォルターがあわれな声をあげた。わたしたちはあたふたと屋根裏部屋《やねうらべや》を出て、トリケラトプスを追《お》いかけた。

トリケラトプスはグエンおばさんの部屋《へや》にいた。ウォルターは一目見るなり、ぞっとしてかたまっちゃった。

「だめだよ……お願《ねが》いだから、そのチュチュは……」

また気をうしないそうになっているウォルターをおしのけて、わたしは部屋《へや》に入った。あっちゃー。トリケラトプスは、グエンおばさんのバレエ用のスカートをぺろりとたいらげていた。一九七九年に、おばさんが十さい未満《みまん》の部《ぶ》で、州《しゅう》大会決勝《けっしょう》に出場したときの衣装《いしょう》だ。すごく大切なものだよね。

「たのむ、助《たす》けてくれ」

ウォルターは見るからに気分が悪《わる》そうだ。

「でなきゃハメツだ」

ハメツって、どういう意味《いみ》かわからないけど、なんだかつらそうだ。ひょっとしたら命《いのち》にかかわるのかも。ウォルターがいやなやつでも、死《し》んでもいいって思ったことはない。

トリケラトプスが大きなげっぷをした。あのチュチュ、おいしかったんだろうな。

「わかった。わたしに考えがあるの」

ウォルターは情《なさ》けないくらいうれしそうな顔をした。

「いっとくけど、ウォルターは気に入らないと思うよ」

第《だい》9章《しょう》　ガランサス将軍《しょうぐん》

「でも、どうして？　どうして帽子《ぼうし》なんだよ？」

ウォルターはあわれっぽくうったえた。

わたしは、屋根裏部屋《やねうらべや》まで階段《かいだん》にグエンおばさんの手作りの帽子《ぼうし》を順々《じゅんじゅん》に置《お》いていった。

「だって、ガランサス将軍《しょうぐん》はチュールが好《す》きなんだもん」

ウォルターはぽかんとしてわたしを見た。

「チュールってね、バレエのチュチュやウエディングドレスに使《つか》う網目《あみめ》もようのうすい布地《ぬのじ》なの。グエンおばさん、帽子《ぼうし》の材料《ざいりょう》にたっぷり使《つか》ってるんだ」

シドニー湾《わん》の形をした帽子《ぼうし》なんて、てんこ盛《も》りだ。オペラハウスが全部《ぜんぶ》チュールでできてるんだから。わたしはその帽子《ぼうし》を階段《かいだん》のいちばん上にそっと置《お》いた。

「ガランサス将軍《しょうぐん》、きっと喜《よろこ》ぶだろうな」

「ガランサス将軍《しょうぐん》って？」

ウォルターが首をかしげている。

「あの子の名前。ぴったりじゃない？」

たしかに食《く》いしん坊《ぼう》かもしれないけど、堂々《どうどう》としていて威厳《いげん》があるもの。わたしは、アフリカの動物《どうぶつ》をかざりつけたサバンナ風の帽子《ぼうし》をがっついているガランサス将軍《しょうぐん》をやさしく見つめた。ライオンも、トリケラトプスには勝《か》ち目《め》がない。

NY

「見てられないや」

ウォルターがなげいた。

ガランサス将軍《しょうぐん》は、もう階段《かいだん》を半分ほど上がっていた。

「ねえ、いい？　もうわたしをいじめないってちかったら、助《たす》けてあげる」

ウォルターはのろのろとうなずいた。

「それから、あんたのおこづかいを半分ちょうだい」

ウォルターは鼻《はな》で笑《わら》った。

「でなきゃ、コリンおじさんの書斎《しょさい》にガランサス将軍《しょうぐん》を連《つ》れてくわよ」

わたしは帽子《ぼうし》の置《お》き場所《ばしょ》を変《か》えようとした。

「や、やめろよ。なんでもいうことをきくからさ」

ウォルターの意気地《いくじ》なし。こわくてトリケラトプスのそばへいけないから、わたしの助《たす》けがいるんだ。ガランサス将軍《しょうぐん》は、もう階段《かいだん》のいちばん上まで来ていた。わたしは屋根裏部屋《やねうらべや》の中まで帽子《ぼうし》を置《お》いていった。

うん、なんとか足りそう。グエンおばさん、これからは帽子《ぼうし》がなくてこまるだろうな。

「もう一つ、ガランサス将軍《しょうぐん》を帰すのは、あんたが留守番《るすばん》をまかされてるから。へまをしたら、しかられるからよ。留守番《るすばん》が終《お》わったら、すぐにこの子を呼《よ》びもどすの。わかった？」

わたしはずっと恐竜《きょうりゅう》がほしかったから、帽子《ぼうし》が好物《こうぶつ》ってだけで、この子をあきらめたくなかった。

「わかったよ。とにかく、さっさとやろうぜ」

わたしたちは屋根裏部屋《やねうらべや》のまん中くらいまで来ていた。帽子《ぼうし》はあと一つだ。

「うん、じゃあ、これがちゃんと動《うご》くかたしかめよう」

第《だい》10章《しょう》　トリケラトプスの群《む》れ

「やってみたい？」

わたしはドアノブをウォルターにさし出した。だけど、ウォルターは首を横《よこ》にふって、あとずさりした。

「最初《さいしょ》はおまえがやったんだろ？　女の子じゃないと、うまくいかないんじゃないの？」

ほんと、意気地《いくじ》なしなんだから！

わたしはかべに近づいていった。ドアノブがさしこまれていた場所《ばしょ》に、穴《あな》はなかった。ドアノブをちょっとかべにおし当ててみる。すると、たちまち入っていった。このかべ、まるで粘土《ねんど》みたい。手をはなしても、ドアノブはちゃんとかべにくっついている。へえ、うまくできてるんだ。

よし、次《つぎ》は過去《かこ》へいくから時計回り。ドアノブにそう書いてあるからね。てことは、右へ回すんだ。ほんというと、ガランサス将軍《しょうぐん》をどの時代《じだい》へ送《おく》るかなんて、どうだっていい。コリンおじさんとグエンおばさんが帰ってきたら、またすぐにつれもどすんだもん。

コリンおじさんはずっとペットをほしがってたから、トリケラトプスはもってこいなんじゃないかな。芝刈《しばか》り機《き》のかわりになるし、生ごみだって全部《ぜんぶ》食べてくれる。リサイクルよりずっといいよね！

わたしはドアノブを右に回して、二、三歩下がった。すぐさま、かべがガタガタと開《ひら》きはじめる。入り口は高さが三メートルくらいあって、天井《てんじょう》にとどきそうだ。向《む》こう側《がわ》は暗《くら》い石のトンネルになっている。なんだかうす気味悪《きみわる》い。わたしは最後《さいご》の帽子《ぼうし》をトンネルの中へ投《な》げこむと、うしろへ下がった。ピクニックを楽しんでいるテディベアのかざりがついた色とりどりの帽子《ぼうし》だ。チュールも山ほど使《つか》ってある。ガランサス将軍《しょうぐん》はきっと食いつくと思うんだ。ところが、期待《きたい》どおりにはいかなかった。ガランサス将軍《しょうぐん》はその場に立ったまま、トンネルの中をのぞきこんでいる。おまけに、あとずさりまで始《はじ》めた。どう見ても、おかしいでしょ。トリケラトプスがなにをこわがるっていうの？

「あの音はなんだ？」

ウォルターがいいだした。

なにかが低《ひく》く鳴りひびいている。最初《さいしょ》は静《しず》かだったけど、だんだん大きくなってきて、なんだか……地震《じしん》みたい。屋根裏部屋《やねうらべや》にあるものが、一つのこらずふるえだした。

「どうなってるんだよ?」

ウォルターは金切《かなき》り声《ごえ》をあげた。屋根裏部屋《やねうらべや》のドアに向《む》かって、今にも走りだしそうだ。

「よくわからないけど、なにかがこっちへ来るみたい」

「そうだな、でも、なにが?」

それがわかるのに、時間はかからなかった。地ひびきはどんどんどんどん大きくなって、とうとう耳をつんざくような音になった。とつぜん、新しいトリケラトプスがかべの入り口から屋根裏部屋《やねうらべや》へ走りぬけてきた。そのあとから一頭、また一頭、トリケラトプスの群《む》れが部屋《へや》に飛《と》びこんでくる。

「暴走《ぼうそう》だあ!」

ウォルターはにげ出そうとしたけど、無理《むり》だった。たくさんのトリケラトプスがおし合いへし合い、階段《かいだん》をかけ下りようとしてるんだもん。

恐竜《きょうりゅう》の交通渋滞《じゅうたい》みたい。

「なにかから、にげてるように見えるけど……」

ほんと、ものすごいあわててようなんだ。

「あれだ！」

ウォルターがさけんだ。

見上げると、なにかべつのものが、かべの入り口からこっちへ来ようとしていた。トリケラトプスよりずっと大きい。そして、ずっとおそろしい。そいつは口を開《あ》けて、ほえ立てた。口の中には、算数が得意《とくい》なわたしでも数えきれないくらい歯《は》がならんでる。

こんな恐竜《きょうりゅう》とは友だちになりたくない。

第《だい》11章《しょう》　肉食獣《にくしょくじゅう》アロサウルス

　ウォルターとわたしは、階段《かいだん》をかけ下りた。わたしは、トリケラトプスの赤ちゃんと、おしりにしまもようのある太っちょにはさまれちゃった。ウォルターの姿《すがた》が見えないけど、泣《な》き声《ごえ》だけは聞こえてくる。まあ、どこにいたって、楽しいわけないよね。

　階段《かいだん》を下りてみたら、そこらじゅうトリケラトプスだらけだった。三頭がグエンおばさんの部屋《へや》をドカドカ走りぬけていき、二頭がコリンおじさんの書斎《しょさい》をバリバリかみくだき、四頭がバスルームをつきやぶってかけていく。傷《きず》つかずにのこってる家具《かぐ》は一つもない。

ガオ――――！

おそろしい肉食獣《にくしょくじゅう》が階段《かいだん》の下まで下りてきた。あれはアロサウルスだ。ずらりとならんだかみそりのようにするどい歯《は》でわかる。ママからアロサウルスのポスターをもらったことがあるんだ。あのときは、するどくとがった歯《は》がかっこいいって思えたけど、今は同じ気持《きも》ちになれるか自信《じしん》ない。

トリケラトプスに食いつきそこなったアロサウルスは、次《つぎ》にわたしたちに目をつけた。わたしのとなりにいるのって、やっぱりウォルターだよね。なにか茶色いものにまみれている。これ、トリケラトプスのうんちでしょ。

「死《し》んじゃうよー！」

ウォルターは、息《いき》も切れ切れに悲鳴《ひめい》をあげた。

一頭のトリケラトプスがいきおいよくかけぬけていく。ついでにウォルターのつま先をふんづけた。うんちのついたウォルターの顔がまっ赤《か》になる。茶色と赤の組み合わせ、ぜんぜん似合《にあ》わないよ、ウォルター。

アロサウルスがわたしたちに向《む》かって、のっしのっしと歩きはじめた。ずいぶん背《せ》が高くて、頭が天井《てんじょう》にこすれそうだ。だから、ガランサス将軍《しょうぐん》はかべに体当たりしてこっちへ来ようとしたんだ。こんな獣脚恐竜《じゅうきゃくきょうりゅう》、だれもお茶に招《しょう》待《たい》したいと思わないだろうな。

わたしたちはくるりと向《む》きを変《か》えると、いちもくさんに玄関《げんかん》のドアをめざした。そして、もう少しでウォルターの友だちのスパッドとぶつかりそうになった。

「おまえたちって、超能力《ちょうのうりょく》あるんじゃないの？　ちょうどノックしようとしたところなんだけど」

オレンジ色の短《たん》パンに、大きめの野球帽《やきゅうぼう》をかぶって、スパッドが玄関《げんかん》先に立っていた。手には爆竹《ばくちく》が入ったふくろを持《も》っている。

「おまえんちにいくっていっただろ。わすれたの？」

バシッ！

玄関《げんかん》のドアが飛《と》んでいった。と同時に、大きなトリケラトプスが飛《と》び出《だ》してきた。

「うわあ！」

スパッドが声をあげた。

「あんなの、どこで買ってきたのさ？」

バリバリッ！

のこりの群《む》れが、あわただしく続《つづ》いた。

「なんだ！　まとめてセールとか？」

ドカーン！

DINO!

　とつぜん、ドアのわくがこなごなにくだけた。アロサウルスが顔を出し、ほえたてた。

「おっと、ああいうのはさ、ひもでつないでおかなきゃ」

　スパッドはいった。

　ウォルターはぎゃっとさけぶと、全力《ぜんりょく》で庭《にわ》をかけぬけた。スパッドとわたしもあとを追《お》う。

「走るってわかってたらランニングシューズをはいてきたのに」と、スパッド。

　わたしたちはトリケラトプスのあとを追《お》って、通りをぬけ、森の中へと入っていった。トリケラトプスはかなりのスピードで走《はし》り続《つづ》けたけど、アロサウルスが追《お》い上《あ》げてくる。

「時間移動装置《いどうそうち》だ！　時間移動装置《いどうそうち》を使《つか》え！」

　ウォルターがわめいた。

「なにを使《つか》うって？」

スパッドがたずねる。

わたしは手もとを見た。ドアノブ！　まだ持《も》ってた！　きっと、回したときにぽっきり折《お》れて手にのこったんだ。

「これをどうすればいいの？」

わたしは大声でウォルターにたずねた。

「木につきさすんだ！」

やってみるか。わたしは、でっかいユーカリの木にドアノブをおし当てた。するど、ドアノブは屋根裏部屋《やねうらべや》のかべのときみたいに、木の皮《かわ》にぐぐっと入っていった。でも、回らない。一生けんめいに力をこめても、まったく動《うご》かなかった。

「交代《こうたい》しろ」

えらそうに命令《めいれい》すると、ウォルターがわたしをおしのけた。ドアノブをにぎると、全体重《ぜんたいじゅう》をかけた。顔が赤くなるまで力をふりしぼっている。それでも、ドアノブはちっとも動《うご》かなかった。

わたしはうしろをふり返《かえ》った。アロサウルスはもう間近にせまってきている。あと五秒《びょう》で、三人ともあいつの朝ごはんだ。

「みんなで力を合わせれば」

わたしはいってみた。

「どうするって？」

スパッドはまごまごしている。

アロサウルスが歯《は》をむきだしてうなり声をあげた。

「早く！」

ウォルターはうわずった声でいうと、スパッドの手をつかんでドアノブにのせた。その上にわたしとウォルターも手を重《かさ》ねて、三人で力をこめた。すると、ドアノブが回った。ほんの少しだけど、たしかに回ったんだ。

「これじゃ、足りないよ」

ウォルターが泣《な》きそうな声をあげた。

ふり向《む》くと、アロサウルスの鼻先《はなさき》が近づいてきている。ああ、もう食べられちゃう。

「ママ――――！」

ウォルターが目をぎゅっとつぶって、おいおいと泣《な》いた。

そのとき、ゴロゴロと音がしたので、わたしは思わず木のほうを見た。うまくいったんだ！　大きな木の幹《みき》に入り口が開《ひら》きはじめている！

「どいて！」

わたしはどなると、ウォルターを左側《ひだりがわ》へつき飛《と》ばした。スパッドとわたしは右へ飛《と》びこむ。

パクッ！

かみつきそこねたアロサウルスは、わたしたちのあいだをつき進《すす》み、とびらのおくへと消《き》えた。木からドアノブをひきぬくと、入り口はバーン！と大きな音をたてて閉《し》まった。

やった！　アロサウルスはいなくなった！

三人とも息《いき》をはずませながら、へなへなとその場にすわりこんだ。

「あのさ、ぼく、恐竜《きょうりゅう》なんて大っきらいだ」

ウォルターがしわがれた声でいった。

第《だい》12章《しょう》　町はめちゃくちゃ

「つまりさ、恐竜《きょうりゅう》が木の中へ入ったたっていうの？」

スパッドがたずねた。

「そうよ！」

もう百回くらい説明《せつめい》したんだけど。

「でもさ、どうも納得《なっとく》できないんだよな。あの恐竜《きょうりゅう》は木の幹《みき》におさまりきらないだろ」

わたしたちは森から家へ帰るとちゅうだった。ガランサス将軍《しょうぐん》がわたしとかたをならべるように、ゆったりとした足どりで歩いている。ほかのトリケラトプスたちはあとにしたがっていた。やっぱりガランサス将軍《しょうぐん》がリーダーなんだ。将軍《しょうぐん》って名前をつけて正解《せいかい》だね。

「見て、ヘリコプターだ」

とつぜん、ウォルターが声をあげた。ほんとだ。四機《き》か五機《き》のヘリコプターが森の上空をまっている。

「だれかが恐竜《きょうりゅう》に気づいて、警察《けいさつ》へ電話したんじゃない？」

わたしはいった。

ヘリコプターはブンブン音をたてながら飛《と》び回《まわ》っている。ウォルターがふきげんな顔になった。きっと秘密《ひみつ》にしておきたかったんだろうな。

「おまえのせいだからな」

ウォルターがいいだした。

「おまえがちゃんと説明《せつめい》するんだぞ」

「ううん」

わたしは首を横《よこ》にふった。

「お留守番《るすばん》をまかされたのは、あんたでしょ？」

ウォルターが歯《は》ぎしりをした。

森のはしまで来ると、わたしたちは通りのようすをうかがった。なんと町がめちゃくちゃになっている。柵《さく》はぺったんこ、車はくしゃくしゃ、トレーラーまでふみつけられていた。ウォルターはとってもこまったことになるだろうな。

「そうだ、こいつらはここに置《お》いとこうよ。ぼくらは知らん顔で森から出ていって、ふだんどおりにしてればいいんじゃないか？」

スパッドがいった。

ウォルターとわたしは、顔を見合わせた。初《はじ》めてスパッドがいいことをいった。

わたしはガランサス将軍《しょうぐん》のほうを向《む》いて、「待《ま》て」というと、トリケラトプスの鼻《はな》に指先《ゆびさき》を当てた。

ガランサス将軍《しょうぐん》は不満《ふまん》そうな鳴き声をあげたけど、おとなしくすわった。ほかのトリケラトプスも、ガランサス将軍《しょうぐん》にならう。

「恐竜《きょうりゅう》と話ができるなんて、知らなかったな」

スパッドが感心《かんしん》したようにいった。

「なあ、ウォルター、おまえのいとこって、なかなかかっこいいじゃん」

「うるさい」

わたしたちはぶらぶらと森から出ていった。町の被害《ひがい》は思ったよりずっとひどかった。木はなぎたおされ、電線はめちゃくちゃ、塀《へい》はたたきこわされている。火事《かじ》になっている家も二軒《けん》ほどあった。

「これ全部《ぜんぶ》、ぼくたちがやったんじゃないよな」

ウォルターは息《いき》をのんだ。まるで、だれかがサウルスストリートに爆弾《ばくだん》を落《お》としたみたい。

そのとき、かん高いさけび声が聞こえてきた。

「あら！　まあまあ！」

だれかがわたしたちに向《む》かって走ってくる。グエンおばさんだ。なんてかっこうなの！　服《ふく》はずたずた、めがねはこわれて、かみの毛はくしゃくしゃ。帽《ぼう》子《し》もかぶってない。

「どこにいたの？」

息《いき》を切らしながら、おばさんはまっすぐわたしたちのところへかけよると、手をふり上げた。

わたしはすくみ上がった。ひっぱたかれるの？　そうじゃない。だきしめられるんだ。うわあ、すごい！　おばさんたら、わたしたちを三人まとめて、ぎゅーっとだきしめ続《つづ》けた。

「あなたたちになにかあったのかと思ったわ」

おばさんは涙《なみだ》を流《なが》した。

「あ、いや、そんなことないよ。ぼくたちはみんな、無事《ぶじ》さ」

ウォルターは、ちょっととまどっていた。

「ママとパパは、ガーデンパーティーにいったんじゃなかったの？」

「パーティーですって？」

おばさんは大声でさけぶと、頭が変《へん》になったんじゃないのって顔をしてウォルターを見た。

「パーティーなんていってないわよ、ウォルター。ずっとかくれてたの。みんな、かくれてるわ」

ウォルターがわたしに目くばせした。なんかすごく変《へん》なことが起《お》きているみたいだ。

「なにからかくれてたの？」

スパッドがきいた。

「決《き》まってるでしょ、モンスターよ。ほかのなにからかくれるっていうの？もうサウルスストリートの半分は食べられちゃったわ」

「食べられちゃった？」

わたしは聞《き》き返《かえ》した。

グエンおばさんはつらそうな顔になった。

「ウィルコットさんはバスローブを着《き》たまま丸のみにされたし、ジャック坊《ぼう》やはブランコに乗《の》ったまま、ぱくりとやられちゃったし、それに……それに……」

おばさんはウォルターのかたに手を置《お》いた。

「パパがね、かわいそうに、いちばん上等《じょうとう》のツイードのジャケットを着《き》たまま食べられちゃったの。朝食の最中《さいちゅう》だったわ」

そういうと、おばさんはこらえきれずにわっと泣《な》きだした。

わたしたちは気まずい思いで立ちつくしていた。そのとき、なにかがひらめいた。

「おばさん、モンスターはどれくらいのあいだ、ここにいるの？」

わたしはたずねた。

「もう一週間以上《いじょう》になるわ」

おばさんは泣《な》きじゃくりながら答えた。

「ああ、ほんとうにおそろしいけものよ。どこからともなくあらわれて、まるで悪夢《あくむ》だわ」

おばさんはまた声をあげて泣《な》きだした。

わたしはウォルターとスパッドをわきへひっぱっていった。ヘリコプターはまだ上空を飛《と》び回《まわ》っている。

「なにが起《お》きたか、見当がついたかも」

わたしはふたりに小声でいった。

「よかったよ、ひとりでもわかって。ぼくには、まったくちんぷんかんぷんだ」と、スパッド。

「恐竜《きょうりゅう》よ。あの肉食獣《にくしょくじゅう》。わたしたち、あいつをここへ送《おく》りこんじゃったんだと思うの」

「なにいってんだよ？」

ウォルターはぴしゃりといった。

「ここから送《おく》りこんだんだろ。ここへ、じゃなくて」

「ちがう、そうじゃない。木にさしこんだドアノブのこと、おぼえてる？　ほんのちょっぴりしか回せなかったでしょ？」

「ああ」

「たぶん、回した分だけ過去《かこ》へもどせるんだよ」

ウォルターはおこったようにわたしをにらみつけると、「どういうことだよ？」と、きつい声でたずねた。

わたしはあきれて、目をぐるりと回した。

「あのとき、わたしたちはドアノブをほんの少ししか回せなかったでしょ？だから、恐竜《きょうりゅう》をほんの少し前にしかもどせなかったの。一週間くらい前のサウルスストリートへもどしちゃったってわけ。町を食いつくしたのは、恐竜《きょうりゅう》なの。グエンおばさんのいうモンスターって、あの恐竜《きょうりゅう》なんだ。あいつがあんたのパパを食べちゃった」

おっと、ちょっと無神経《むしんけい》だったかな。でも、ウォルターは気づいてないみたい。

「てことは、ぼくらが先週にもどって、あの恐竜《きょうりゅう》を止めなきゃなんないのか?」

ウォルターがたずねた。

「そういうこと。そうすれば、だれも食べられなくてすむ」

スパッドはキツネにつままれたような顔で、わたしたちを見ていた。

「ふたりして、なにをごちゃごちゃいってんだ?」

わたしはおばさんに向《む》き直《なお》った。

「グエンおばさん、もういかなきゃ」

「なんですって? 今やっと、あなたたちを見つけたばかりなのに」

おばさんはショックを受《う》けたみたいだ。

「そうなんだけど、でもね……ちょっとへましちゃったもんだから、あとしまつしなきゃならないの」

じっとわたしを見ていたグエンおばさんは、はっとして目を大きく見開《みひら》いた。

「まさか、あなたたちのせいで……」

おばさんは息《いき》をのんだ。

「そうなの。ほんとうにごめんなさい」

わたしたち三人は森へひき返《かえ》すために、おばさんに背《せ》を向《む》けた。

グエンおばさんは口をあんぐり開《あ》けたまま、おろおろしている。

「でも、でも……」

「でもね、それってウォルターのせいなんだよ！」

わたしはおばさんに向《む》かっていった。

「だって、お留守番《るすばん》をまかされてたのは、ウォルターだったんだから！」

ウォルターがわたしのすねをけった。

第《だい》13章《しょう》　古代《こだい》ローマ人

「サウルスストリートをめちゃくちゃにしたのが、おまえだったとはな」

ウォルターがいった。

わたしたちは、もう一度《いちど》、森へ向《む》かっていた。ウォルターはわたしとスパッドの前を、えらそうに大またで歩いている。

「わたしが？　ちがうよ！　わたしのせいじゃないもん」

「いや、おまえのせいだ。屋根裏部屋《やねうらべや》から恐竜《きょうりゅう》を出したのは、おまえだからな」

ウォルターはいいはなった。

「でも、屋根裏部屋《やねうらべや》にわたしを閉《と》じこめたのは、ウォルターでしょ。あんたがいなければ、屋根裏《やねうら》へいくこともなかったんだ」

「それがどうした」

ウォルターが、がばっとふり向《む》いた。

「ドアノブを回したのはおまえだ」

ウォルターはわたしに向《む》かって指《ゆび》をつき出した。

「おまえのせいで、パパは恐竜《きょうりゅう》に食べられちゃったんだ」

それはいいすぎだよ。わたしだって、コリンおじさんが食べられるなんて思ってもみなかったんだから。

「わたしたちが先週にもどれば、おじさんは食べられないんだよ。すぐにまた、生きてるおじさんに会えるんだから」

「おまえがかかわると、ろくなことにならないんだ」

ウォルターはぴしゃりというと、わたしからドアノブをひったくった。

「今度《こんど》はぼくが回す。でないと、またしくじるからな」

わたしたちはなんとか、トリケラトプスが待《ま》っている場所《ばしょ》までもどってきた。みんな、せっせと下草《したくさ》を食べている。ガランサス将軍《しょうぐん》が頭をかがめたので、わたしはあごの下をなでてあげた。ガランサス将軍《しょうぐん》は満足《まんぞく》そうに鳴いた。

「ウォルターの意地悪《いじわる》」

わたしはいった。

「八さいのお子さまはひっこんでろ。だれもおまえの考えなんてきいちゃいないんだ」

ウォルターは木を一本一本、念入《ねんい》りにながめだした。幹《みき》に顔をよせてじっと見ている。

「なにしてるのさ?」

スパッドがたずねた。

「いい木をさがそうと思って。前回は、こいつが悪《わる》い木にドアノブをさしこんだから、うまく回らなかったんだ」

スパッドは森の木をしげしげとながめた。

「ぼくにはみんな同じように見えるけどなあ」

「そりゃ、おまえがぼんやりしてるからさ」

ウォルターは、すごく大きなゴーストガムの木の前で立ち止まった。

「これならいいんじゃないかな」

幹《みき》にドアノブをつきさして回す。今回はらくらくと回った。

「ほらな？　わけないよ」

ウォルターはうしろに下がると、入り口が開《ひら》くのを待《ま》った。

「ちょっと回しすぎじゃない？」

わたしはいった。

「そんなことない」

ウォルターはいいはった。

「回しすぎだってば。この前はほんの少ししか回らなかったんだから。今、ぐるっと半周《はんしゅう》も回したよ」

ウォルターはわたしを無視《むし》した。木の幹《みき》にできた入り口がゴロゴロと音をたてて開《ひら》きはじめる。わたしたちはそろって中をのぞきこんだ。向《む》こう側《がわ》にも森が広がっている。今いるところと、ほとんど同じ景色《けしき》だ。

「ほら見ろ、サウルスストリートだ。いくぞ」

ウォルターは先頭に立って歩きだしたくせに、ふと立ち止まった。

「先にいっていいぞ」

そういうと、わきへよった。

わたしはあきれながら、入り口を通りぬけた。ガランサス将軍《しょうぐん》がわたしのそばにしたがい、ほかのトリケラトプスもあとに続《つづ》く。

わたしたちはもう一つの森へ出た。今までいた場所《ばしょ》と、とってもよく似《に》ている。おまけに人の話し声もした。

「ほらな？」

ウォルターが入ってきた。

「人もいる。いったとおりだろ？　先週にもどったんだ」

三人で森の中を進《すす》んでいった。アロサウルスに出くわすといけないから、ウォルターはわたしとスパッドに前を歩かせている。

わたしたちはとうとう森のはしまで来た。ところが、サウルスストリートはかげも形もない。ただ広い草原が海まで続《つづ》いているだけだ。サウルスストリートができる前の時代《じだい》までもどっちゃったんだ。

「へぇえ、先週ね？」

わたしがいうと、ウォルターは目をつり上げてにらみつけてきた。

「見ろよ、船だ」

スパッドが海のほうを指《ゆび》さしている。

ほんとだ！　浜辺《はまべ》の近くに、四せきの大きな木造船《もくぞうせん》が停泊《ていはく》している。

たくさんのオールが一列《れつ》にならんで、船の両側《りょうがわ》からつき出していた。

「古代《こだい》ローマ船だよ」

スパッドがいった。

「古代《こだい》ローマ、なんだって？」

ウォルターが聞《き》き返《かえ》す。

「船だよ。古代《こだい》ローマ人は、ああいう船に乗《の》って侵略《しんりゃく》にいったんだ」

スパッドが説明《せつめい》する。

「なにいってんだよ。ここはオーストラリアだぞ。古代《こだい》ローマ人には侵《しん》略《りゃく》されなかったはずだ」と、ウォルター。

「外国人だー！」

さけび声があがった。わたしたちはたちまち男たちにかこまれてし

まった。白いマントを着《き》て、金属《きんぞく》のかぶとをかぶり、手には剣《けん》を持《も》っている。

「古代《こだい》ローマ人だ！」

金切《かなき》り声《ごえ》でさけぶと、ウォルターは回れ右してにげようとした。だけど、むだだった。うしろには、もっとたくさんの男たちがいたんだ。らんぼうにうでをつかまれ、わたしたちは砂浜《すなはま》までひっぱっていかれた。

「すごいや。ぼく、古代《こだい》ローマ人って大好《だいす》きなんだ」

スパッドがいった。

第《だい》14章《しょう》　大くぎの上で逆《さか》さづり

「もう一度《いちど》たずねる。おまえたちはどこの村の者《もの》だ？」

古代《こだい》ローマ軍《ぐん》の百人隊《ひゃくにんたい》っていう小隊《しょうたい》の隊長《たいちょう》が、わたしたちの下を大またでいったり来たりしていた。金色の胸当《むねあ》てがついたよろいを着《き》て、てっぺんに赤い大きな羽根《はね》かざりがついたかぶとをかぶっている。なんかちょっとマヌケに見えちゃう。

「ぼくたち、村から来たんじゃないんだってば。サウルスストリートから来たんだよ」と、スパッド。

ウォルターはスパッドをけっ飛《と》ばそうとした。だけど、とどかない。するどくとがった大くぎをならべた穴《あな》の上に、逆《さか》さづりにされてるんだもん。だれかをけっ飛《と》ばすなんてこと、かんたんじゃないよね。

まん中にウォルター、その両側《りょうがわ》にわたしとスパッドがぶらさがっている。トリケラトプスたちもつるされていた。みんな、ごきげんななめだ。ガランサス将軍《しょうぐん》はおとなしくしていたけど、おしりにしまもようがあるトリケラトプスは、もう大さわぎだ。

「だれが隊長《たいちょう》だ？」

百人隊長《ひゃくにんたいちょう》はたずねた。

「この人です」

わたしはウォルターを指《ゆび》さした。

「だまれ」と、ウォルター。

百人隊長《ひゃくにんたいちょう》は剣《けん》の先をウォルターにつきつけた。

「日没《にちぼつ》まで待《ま》ってやる。それでも、たずねたことに正直に答えなければ、順番《じゅんばん》にあの世に送《おく》ってやるからな。まず、そいつからだ」

百人隊長《ひゃくにんたいちょう》は剣先《けんさき》をスパッドに向《む》けた。スパッドはわかったというしるしに、親指《おやゆび》を立てた。

百人隊長《ひゃくにんたいちょう》はゆうゆうと歩《ある》き去《さ》った。わたしたちは大くぎの上につりさげられたままだ。

「ひどいよ。どうすればいいんだ？」

ウォルターが涙《なみだ》まじりにいった。

「びっくりだよ。予想《よそう》外の展開《てんかい》じゃん。古代《こだい》ローマ人がオーストラリアに来るなんてさ、シムズ先生は社会の授業《じゅぎょう》で教えてくんなかったもんな」

スパッドはにこにこ笑《わら》っている。

わたしはロープにつられたまま、体をゆらしはじめた。

「なにやってんだ？」

ウォルターが声をあげた。

「しーっ」

体操《たいそう》教室で習《なら》ったんだ。ロープで逆《さか》さづりになったまま、いきおいよくゆらし続《つづ》けたら、体が上向《うわむ》きに起《お》きてきて、手でロープをつかむことができる。

「やめろ、ぶつかるじゃないか。ぼくを下へ落《お》とす気かよ」

ウォルターが文句《もんく》をいった。

わたしは上半身《じょうはんしん》を使《つか》ってはずみをつけ、V《ブイ》字形《じがた》に体を起《お》こした。やった！　両手《りょうて》でロープをつかむと、イモムシのように体をくねらせて上へ上っていく。

「うおー」

スパッドが思わず声をあげた。

「『バットマン』に出てくるキャットウーマンみたいだな」

わたしはロープのいちばん上まで上ると、木の枝《えだ》につかまりながら結《むす》び目《め》をほどいた。そして、宙返《ちゅうがえ》りをして地面《じめん》におり立つ。

「すごいや」

スパッドがいった。

わたしはつま先だって枝《えだ》に手をのばすと、ウォルターをひき下げにかかった。

「そっとだぞ！　大くぎに気をつけろ！」

ウォルターが大声で命令《めいれい》する。

わたしは、ウォルターを穴《あな》のすぐ上までひき下げてから、自分のほうにひきよせ、ロープの結《むす》び目《め》をほどいた。次《つぎ》はスパッドだ。

ウォルターはおそるおそるまわりを見回した。

「急《いそ》げ、ここからぬけ出すんだ」

「むりだよ。古代《こだい》ローマ人がわたしたちをかこむように陣取《じんど》ってる」

そういいながら、わたしはトリケラトプスをおろしはじめた。トリケラトプスはとっても重《おも》いから、スパッドに助《たす》けをかりなきゃならなかった。

「じゃあ、どうやってにげるんだよ？」

ウォルターがぶつぶつ泣《な》き言《ごと》をいいだした。

「あいつらにつかまったら、おしまいだ。血祭《ちまつ》りに上げられるのなんていやだよ」

「戦《たたか》うしかないと思うの」

わたしはいった。

「戦《たたか》う？　だって、相手《あいて》は古代《こだい》ローマ人だぞ。剣《けん》を持《も》ってる。ぼくらはただの子どもじゃないか」

「うん。でも、わたしたちには、古代《こだい》ローマ人が持《も》ってないものがあるよ」

「なんだよ?」

わたしは、にこっと笑《わら》って答えた。

「恐竜《きょうりゅう》」

第《だい》15章《しょう》　みんなで突撃《とつげき》！

丘《おか》の頂上《ちょうじょう》に着《つ》いた。古代《こだい》ローマ人たちが、手に剣《けん》を持《も》って待《ま》ち受《う》けているのが見える。全員《ぜんいん》、弓なりに曲《ま》がった大きな盾《たて》をかかげている。わたしたちに気がつくと、一《いっ》か所《しょ》に集《あつ》まり、盾《たて》をかまえた。

「あれは『陸《りく》ガメの体勢《たいせい》』っていう隊形《たいけい》なんだ。盾《たて》がカメのこうらみたいに見えるだろ？　古代《こだい》ローマ人が考え出したんだよ」

スパッドが教えてくれた。

「いい？　わたしはまん中をいくから、スパッドは右側《みぎがわ》からせめこんで。ウォルター、あんたはいちばんうしろからだよ」

わたしはガランサス将軍《しょうぐん》の背中《せなか》にまたがり、角につかまっていた。スパッドはすぐにその気になって、おしりにしまもようがあるトリケラトプスに乗《の》っている。

ウォルターはうしろのほうで、赤ちゃんトリケラトプスにまたがっていた。こわくて、大きいのには乗《の》れなかったみたい。「落《お》っこちたらどうするんだよ」だって。

古代《こだい》ローマ人たちが剣《けん》で盾《たて》を打《う》ち鳴《な》らしはじめた。

「やっほー！」

スパッドが声をはりあげた。

「こりゃ、すごいや。タイムトリップって、歴史《れきし》が現実《げんじつ》になっちゃうんだな」

わたしはさっと手を上げた。

「全員《ぜんいん》、位置《いち》につけ！」

トリケラトプスが隊列《たいれつ》を組み、角を低《ひく》く下げた。

「用意《ようい》！」

トリケラトプスは低《ひく》いうなり声をあげはじめる。

「突撃《とつげき》！」

トリケラトプスがほえ立て、スパッドがさけび、ウォルターがべそをかく。

さあ、みんなで突撃《とつげき》だ！

わたしたちは一気に丘《おか》を下り、古代《こだい》ローマ人めがけて突進《とっしん》した。ガランサス将軍《しょうぐん》が先頭を切ってかけ、のこりの群《む》れがすぐあとに続《つづ》く。すさまじい足音がひびきわたった。

「待《ま》て！　まだ動《うご》くな！」

百人隊長《ひゃくにんたいちょう》がさけんだ。

ガランサス将軍《しょうぐん》がおそろしいうなり声をあげる。

「にげろ！」

古代《こだい》ローマ人の軍隊《ぐんたい》は、ちりぢりににげ出した。盾《たて》も剣《けん》もほうり出して、いちもくさんに船をめざして走っていく。

「退却《たいきゃく》！　退却《たいきゃく》！」

百人隊長《ひゃくにんたいちょう》が声をはり上げている。

わたしたちは相手側《あいてがわ》を砂浜《すなはま》まで追《お》いつめた。兵士《へいし》たちは船まで泳《およ》いでいき、大あわてでこぎ出した。

「ばんざーい！」

スパッドが歓声《かんせい》をあげる。

ふいに、わたしのうしろであらい鼻息《はないき》が聞こえた。ふり返《かえ》ると、なんとウォルターが赤ちゃんトリケラトプスに乗《の》って、追《お》いついてきていた。

「いったろ、古代《こだい》ローマ人はオーストラリアを侵略《しんりゃく》しなかったって」

おまけにウォルターったら、にこにこ笑《わら》ってる。ほんとにびっくりだ！

「だいじょうぶ？」

わたしはたずねた。

「絶好調《ぜっこうちょう》さ。乗《の》りなれたんだろうな」

そういいながら、ウォルターはトリケラトプスの首すじを軽《かる》くたたいた。トリケラトプスが不満《ふまん》そうな鳴き声をあげる。ウォルターって、見

かけより重《おも》いからね。

「でも、これからどうする？」

スパッドがきいた。

「家に帰るの。町を救《すく》わなきゃ。それと、恐竜《きょうりゅう》のえさにされそうなおじさんもね」

砂浜《すなはま》に巨大《きょだい》な岩があった。わたしはガランサス将軍《しょうぐん》の背中《せなか》から飛《と》びおりると、その岩に向《む》かって歩いていった。ウォルターがわたしのあとをついてくる。

「なにか思いついたんだな？」

それだけいうと、ウォルターはわたしにドアノブをさし出した。意地悪《いじわる》な言葉《ことば》はひとこともない。わたしはドアノブを受《う》け取《と》ると、岩におし当てた。ドアノブはすんなりと入っていった。

「うん、一つ思いついたの」

わたしはドアノブをしっかりにぎると、回しすぎないように気をつけながら、反時計回《はん》りに回した。岩がゴロゴロと音をたてながら開《ひら》きはじめる。わたしたちは大急《おおいそ》ぎでひき返《かえ》すと、トリケラトプスの背中《せなか》にまたがった。

「用意《ようい》はいい？」

わたしは声をかけた。

「いいよ」と、ウォルター。

スパッドは、オーケーというかわりに親指《おやゆび》を立てた。

「じゃあ、未来《みらい》へ出発《しゅっぱつ》！」

第《だい》16章《しょう》　恐竜前《きょうりゅうぜん》二か月

わたしたちは岩から砂浜《すなはま》へ飛《と》び出《だ》した。よく晴れた暑《あつ》い日で、砂浜《すなはま》はたくさんの人で混《こ》み合《あ》っていた。わたしたちを見ると、子どもたちは悲鳴《ひめい》をあげてにげ出した。大人《おとな》は幼《おさな》い子どもみたいに、金切《かなき》り声《ごえ》でさけんでいる。カモメもおびえて、けたたましく鳴き立てた。

「すみません、今っていつですか？」

わたしは、青い競泳《きょうえい》用パンツをはいた毛深《けぶか》い男の人に話しかけた。

「えっ、土曜日だけど」

男の人はサーフボードをかかえ直して身《み》がまえながら、かすれ声で答えた。

「あの、何日ですか？」

「……二月三日だよ」

男の人は助《たす》けをもとめるようにまわりを見回したけど、みんな、恐竜《きょうりゅう》をおそれてすっかりはなれてしまっている。

「それと、何年か教えてもらえますか？」

「二〇一三年」

男の人は、ぼそりと答えた。わたしのことを、頭のおかしな子だと思ったみたい。ガランサス将軍《しょうぐん》からあとずさりしようとして、砂《すな》のお城《しろ》にけつまずいちゃった。

「ありがとうございます」

わたしはガランサス将軍《しょうぐん》をけって早足にすると、通りをめざした。ウォルターとスパッドも、わたしとならんでトリケラトプスを走らせる。わたしたちをよけようとして、車の運転手《うんてんしゅ》たちがあわててハンドルを切っていた。二台の車がしょうとつし、あちこちでクラクションが鳴りひびき、道をそれた車が街《がい》灯《とう》につっこんだ。

「ほんとにちょうどいい時に来たのかな？」

ウォルターはちょっぴり不安《ふあん》そうだ。

「うん、ばっちりだよ。恐竜前《きょうりゅうぜん》二か月だもん」

「恐竜前《きょうりゅうぜん》って？」

「恐竜《きょうりゅう》があらわれる前を略《りゃく》してみた」

スパッドがきょとんとしていった。

「恐竜《きょうりゅう》がいたのは大昔《おおむかし》なんだけど、ここはそんな時代《じだい》じゃないよね？」

「うちに恐竜《きょうりゅう》があらわれる前ってこと。ウォルターがわたしを屋根裏部屋《やねうらべや》に閉《と》じこめる二か月前に来たの」

「うーん」

スパッドは完全《かんぜん》にこんがらがっちゃった。

わたしたちはサウルスストリートに入っていった。ちょうど学校の文化祭《ぶんかさい》のまっ最中《さいちゅう》で、公園はたくさんの家族《かぞく》づれでにぎわっている。でも、わたしたちがトリケラトプスの群《む》れをひきつれて通りかかるのを目にしたとたん、みんな、森へ向《む》かってどっと走りだした。大混乱《だいこんらん》になっちゃった。

「ほんとにこれがいい思いつきなの？」と、ウォルター。

「すばらしい思いつきだよ」

わたしは大きらいな担任《たんにん》のポッツ先生を見つけたところだった。ちょうど先生が木に正面《しょうめん》しょうとつしてたんだ。スパッドも見ていたらしく、大笑《おおわら》いしている。ポッツ先生を好《す》きな子なんて、いないからね。

「でも、まずいことになるんじゃないか？」

ウォルターがくり返《かえ》したずねる。

「だいじょうぶ、まずいことにはならないよ」

「どうしてわかるんだよ？」

「だって、すべてをやり終《お》えたら、なんにも起《お》きなかったことになるんだもん」

わたしたちはサウルスストリート24番地まで帰ってきた。門の中へと入っていく。でも、通るにはせますぎたのか、ガランサス将軍《しょうぐん》は門をひきはがして、いっしょにひきずっていった。

「ただいま！」

わたしは声をはりあげてあいさつすると、家に入った。トリケラトプスが重《おも》い足音をひびかせて歩く。グエンおばさんとコリンおじさんは、ゆったりと朝の紅茶《こうちゃ》を飲《の》んでいるころだ。

「ああ、お帰り！　文化祭《ぶんかさい》はどうだった？」

おじさんがキッチンから大声でたずねた。

「すっごく楽しかったよ」

わたしが返事《へんじ》をしているあいだにも、ガランサス将軍《しょうぐん》はろうかをつき進《すす》み、階段《かいだん》へと向《む》かう。

「散《ち》らかすんじゃないぞ。グエンが掃除機《そうじき》をかけたところなんだからな」

バリバリッ！

すさまじい音をたてながら、しましまトリケラトプスに乗《の》ったスパッドが玄《げん》関《かん》から入ってきた。

「おじさん、おばさん、おはよう！」と、通りがかりに声をかけていく。

赤ちゃんトリケラトプスに乗《の》ったウォルターは、おどおどしながらスパッドのうしろをあわててついていった。わたしたちはドシンドシンと階段《かいだん》を上りはじめた。

「なんと！　おまえたち三人とも、そうぞうしいぞ！　まるで恐竜《きょうりゅう》の群《む》れじゃないか。もっと静《しず》かに歩きなさい！」

コリンおじさんがどなっている。

「はーい！」

わたしが大声で返事《へんじ》をしたとき、ガランサス将軍《しょうぐん》がゆか板《いた》をふみぬいた。

「で、どうするんだ？」

なんとか無事《ぶじ》に二階《かい》まで来たとき、ウォルターが小声できいた。

「あのアロサウルスをやっつけるつもり」

わたしはささやき返《かえ》した。

「なんだって？　あのばかでかくて、かみそりみたいにするどい歯《は》のあるやつをか？」

ウォルターの顔が少し青くなった。

「うん、そう」

わたしたちは階段《かいだん》をいちばん上まで上ると、ドタドタと屋根裏部屋《やねうらべや》へ入った。

「アロサウルスをやっつけたら、どうなるんだ?」

ウォルターがたずねる。

わたしはかたをすくめてみせた。

「恐竜《きょうりゅう》はいなくなっちゃう。だって、トリケラトプスがかべの向《む》こうから走ってきたのは、アロサウルスに追《お》いかけられたからだもん。わたしたちがアロサウルスをやっつけたら、トリケラトプスもこっちへ来なくてすむでしょ。あんな大さわぎ、起《お》こりっこないんだ」

「なるほど。でも、おまえさ、恐竜《きょうりゅう》を飼《か》いたいっていって、ずっといってなかったっけ?」

「そうだけど、恐竜《きょうりゅう》はもう一日でじゅうぶんかも。けっこう手がかかるんだもん」

ウォルターがにやりと笑《わら》った。

「どっちみち」といいながら、わたしはガランサス将軍《しょうぐん》からおりた。

「ドアノブはわたしが持《も》ってるんだし、この子がたまにお茶を飲《の》みに来るくらいはかまわないでしょ」

わたしはガランサス将軍《しょうぐん》のあごの下をくすぐった。ガランサス将軍《しょうぐん》は鼻先《はなさき》をわたしのかたにすりつけた。

「じゃあ、念《ねん》のためにきくけど、これからぼくらは、でっかくて血《ち》にうえた先《せん》史時代《しじだい》の殺《ころ》し屋《や》と戦《たたか》うんだね」

スパッドがたずねた。

「そういうこと」

わたしはきっぱりと答えた。

スパッドがウォルターのほうを向《む》いて、にかっと笑《わら》った。

「これだから、おまえんちで遊《あそ》ぶの好《す》きなんだ」

第《だい》17章《しょう》　みんなで突撃《とつげき》のはずが……

わたしはかべにドアノブをつっこみ、右へぐるりと一八〇度《ど》回した。おなかにひびくような音をたてながら、かべに入り口が開《ひら》いた。

わたしはドアノブをぬき取《と》ると、ガランサス将軍《しょうぐん》の背中《せなか》にまたがった。

「いくわよ」

石のトンネルを歩きはじめる。なんだかどうくつの中にいるみたい。天井《てんじょう》からは鍾乳石《しょうにゅうせき》がつららのようにたれさがり、頭の上をコウモリが飛《と》んでいく。ずいぶん大きなコウモリだ。

ズーン！

うしろでとびらが閉《し》まり、とつぜん、まっ暗《くら》になった。

ぎゃーっという鳴き声がして、ずっと上のほうでなにかが動《うご》いた。

「ウォルター、もしおまえが食われちゃったら、コンピューター、もらっていいか？」

暗《くら》やみの中をそろそろ進《すす》みながら、スパッドがささやきかける。

「いやだ」

「大切にするからさ」

「いやだって、いってるだろ」

とつぜん、目の前が明るくなった。どうくつの入り口に着《つ》いたんだ。わたしたちは、草深《くさぶか》い場所《ばしょ》に出た。巨大《きょだい》なシダやブドウの木がたくさんはえている。

ガランサス将軍《しょうぐん》がのどのおくから静《しず》かな声をあげた。

「きっとここがトリケラトプスのすみかだね。とってもきれい！」

ほんとうに美《うつく》しい場所《ばしょ》だ。もしわたしが巨大《きょだい》草食はちゅう類《るい》なら、ここに住《す》みたくなるだろうな。

うなり声が聞こえてきた。前方になにかいる。その太いうなり声は、地面《じめん》をふるわせるほどだった。

「トリケラトプスがにげたのは、きっとこのせいなんだ」

ウォルターの顔から血《ち》の気《け》がひいた。

わたしはガランサス将軍《しょうぐん》をそっとつついて前に進《すす》ませた。ガランサス将軍《しょうぐん》はしぶしぶ歩いていった。シダやブドウの木や大きなつる植物《しょくぶつ》をおし分けて進《すす》んでいくと、岩だらけの平地《へいち》に出た。向《む》こう側《がわ》はがけだ。

ああ、やっぱり。アロサウルスがいた。五十メートルくらい先のところで、なにかを食べている。あれはたぶん、ステゴサウルスだ。アロサウルスは、そ

のでっかい足でステゴサウルスをぐっとおさえつけ、かみそりのようにするどい歯《は》で肉を食いちぎっていた。

「で、どうするつもりなんだ？」

ウォルターが声をひそめてきいた。

「古代《こだい》ローマ人のときと同じ作戦《さくせん》だよ」

わたしは答えた。

「あいつめがけて走っていくだけか？」

「うん。でも、まとまって走るの。向《む》こうは一頭だけど、こっちは大勢《おおぜい》でしょ。いっしょになって走っていけば、にげ出すと思うんだ」

「わかった。あのさ、どっちでもいいなら、ぼくはまた最後《さいご》からいくよ」

そういうと、ウォルターは赤ちゃんトリケラトプスをくるりと回れ右させて、そそくさと群《む》れのいちばんうしろについた。

わたしは大きく息《いき》をすいこんだ。やるだけやってみよう。

「全員《ぜんいん》、位置《いち》につけ！」

トリケラトプスたちがわたしのとなりにならぶ。アロサウルスが顔を上げて、こっちにぎろりと目を向《む》けた。でも、たいして気にしてないみたい。

「用意《ようい》！」

アロサウルスが歯《は》をむき出して低《ひく》くうなった。スパッドがわたしを見て親指《おやゆび》を立てる。

「突撃《とつげき》！」

わたしが大声で合図をすると、みんな、いっせいに走りだした。トリケラトプスは角を下げ、もうスピードで走っていく。

「やあ――！」

両手《りょうて》を大きくふりながら、スパッドがさけんだ。

こたえるようにトリケラトプスがほえる。それでもアロサウルスは向《む》かってこない。

わたしたちは、どんどんどんどん近づいていった。そして、地面《じめん》に横《よこ》たわるステゴサウルスを飛《と》びこえようとした、ちょうどそのとき、アロサウルスはすばやく前に身《み》を乗《の》り出《だ》すと、大きなうなり声をあげてかみつこうとした。

トリケラトプスたちはあっというまに、にげ出した。スパッドはしましまトリケラトプスを必死《ひっし》におさえようとしたけど、むだだった。恐竜《きょうりゅう》のほうがずっと力があるからね。

けっきょく、わたしだけがそこにのこった。ひとりで先史時代《せんしじだい》の殺《ころ》し屋《や》と対決《たいけつ》することになっちゃった。

第《だい》18章《しょう》　最後《さいご》の戦《たたか》い

アロサウルスがじりじりと近づいてきた。するどい歯《は》からは、よだれがしたり落《お》ちている。ガランサス将軍《しょうぐん》がふるえているのがわかった。でも、一歩もひかない。

「にげろ！」

スパッドがさけんだ。

いやだ、にげるもんか。今は、ぜったいに。このモンスターを打《う》ちのめすんだ。きっとやれる。

アロサウルスは頭を下げて、じっとこっちの出方を見ている。わたしはガランサス将軍《しょうぐん》の頭のまわりのえりかざりをしっかりとつかみ、深《ふか》く息《いき》をすいこむと、けしかけるようにささやいた。

「あいつをやっつけよう」

ガランサス将軍《しょうぐん》が前足で地面《じめん》をかきはじめた。そして、次《つぎ》のしゅんかん、角を低《ひく》くかまえて突進《とっしん》した。

わたしたちはアロサウルスの胸《むね》のあたりを、ぐいっとひとつきするはずだった。ところが、最後《さいご》のしゅんかんに、アロサウルスは右へすばやく身《み》をかわすと、ガランサス将軍《しょうぐん》のわき腹《ばら》にずつきをくらわせた。ガランサス将軍《しょうぐん》はひっくり返《かえ》り、わたしはふっ飛《と》んだ。

ドッスン！

わたしは地面《じめん》にたたきつけられ、ごろごろころがって、いきおいよく岩にぶつかった。

アロサウルスが前にふみ出した。頭をかがめている。ガランサス将軍《しょうぐん》を食べるつもりだ！　ところが、ふと目を上げると、わたしをじっと見た。指揮官《しきかん》はわたしだって、気がついたんだ。

アロサウルスはガランサス将軍《しょうぐん》をこえて、足音もあらく、わたしに向《む》かってきた。ああ、むしゃむしゃ食べられちゃう。わたしはぎゅっと目を閉《と》じると、かくごを決《き》めた。

「おい！」

だれかがどなっている。

「ぼくのいとこからはなれろ！」

目を開《あ》けてみると……うそ、信《しん》じられない！　赤ちゃんトリケラトプスに乗《の》って、ウォルターが助《たす》けに来ていたんだ。

DINO!

「ばかでかい、いじめっ子め。弱《よわ》い者《もの》いじめはひきょうだぞ！」

ウォルターは木からブドウをもぎ取《と》ると、アロサウルスめがけて投《な》げつけた。

ピシャ！

アロサウルスのおでこに当たった。

おこったアロサウルスはくるりと向《む》きを変《か》え、大きな足音をひびかせながらウォルターへと向《む》かった。

「どうしよう！」

ウォルターは悲鳴《ひめい》をあげた。こういう展開《てんかい》は予想《よそう》してなかったみたい。

「まあ、ここは落《お》ち着《つ》いて考えようよ。話せばきっとわかり合えると思うんだ」

赤ちゃんトリケラトプスがあとずさりを始《はじ》めた。このままだと、がけから落《お》ちちゃう。

「ソーセージのデリバリーをたのんであげられるかもしれないよ。すっごくおいしい肉屋《にくや》さんを知ってるんだ」

赤ちゃんトリケラトプスのうしろ足が、がけっぷちぎりぎりでふみとどまっている。

「ハムもつけ合わせてどうかな？」

アロサウルスが口を開《あ》けた。

「ママ――……」

ウォルターはふりしぼるような声をあげた。

「おい！　あんぽんたん！　こっちだよ！」

アロサウルスがふり返《かえ》った。

バン！

なにかがアロサウルスの目の前で破裂《はれつ》した。

スパッドだ。爆竹《ばくちく》を持《も》ってる。頭にT《ティー》シャツをくりつけ、顔にはどろをぬっていた。先住民《せんじゅうみん》の出陣化粧《しゅつじんげしょう》みたい。しましまトリケラトプスもおそろいだ。

「ええい、当たってくだけろだ！」

スパッドは大声でさけんだ。爆竹《ばくちく》を投《な》げつけ、突撃開始《とつげきかいし》！

ドン！

しましまトリケラトプスの体当たりを胸《むね》に受《う》け、アロサウルスはあお向《む》けにがけからころがり落《お》ちた。トリケラトプスはなんとか急停止《きゅうていし》。ところが、スパッドはしっかりつかまってなかったもんだから、トリケラトプスの背中《せなか》からすべり落《お》ち、そのままがけっぷちをこえちゃった。

「やだ！」

わたしは考えるより先に体が動《うご》くみたい。がけのはしまで全力《ぜんりょく》で走っていくと、体を投《な》げ出《だ》して、なんとかぎりぎりスパッドの手をつかんだ。

でも、ちょっと待《ま》って！　わたしは？　反対《はんたい》の手でどこかにつかまるの、わ

すれてた！

むぎゅっ！

なにかがわたしの手首をしっかりつかんだ。空中でぐいっとひき止められる。でも、わたしの下にはスパッドがぶらさがってるんだよ。体が二つにひきさかれちゃう。見上げると、ウォルターがいた。片方《かたほう》の手で木の根《ね》っこにつかまり、もう片方《かたほう》の手でわたしの手をしっかりにぎっている。

ウォルターはにやっと笑《わら》っていった。

「次《つぎ》はさ、家で『へびとはしご』のゲームをして遊《あそ》ぼうな」

第《だい》19章《しょう》　さよなら、ガランサス将軍《しょうぐん》

ガランサス将軍《しょうぐん》は、どうくつのおくまでわたしたちについてきた。

「じゃあね」というと、わたしはガランサス将軍《しょうぐん》の鼻先《はなさき》にそっとキスをした。

ガランサス将軍《しょうぐん》は小さくうなり声をあげ、わたしのかたに頭をもたせかけた。

「さあ、うちへ帰ろう」

ウォルターが声をかけた。かべにドアノブをさしこみ、左へ一八〇度《ど》回す。

ギーッと音をたてながら、入り口が開《ひら》きはじめた。

最後《さいご》にもう一度《いちど》、わたしはガランサス将軍《しょうぐん》を長いことだきしめた。大好《だいす》きな

友だちとさよならするときみたいに。そのあと、ウォルターとスパッドに続《つづ》いて入り口をくぐった。わたしたちのうしろで、とびらは大きな音をたてて閉《し》まった。

屋根裏部屋《やねうらべや》はきちんとしていた。箱《はこ》はすべて元の場所《ばしょ》にあり、どのマネキン人形にも――黒い目と赤いくちびるのマネキンにも――、頭がついている。

「これって……。今はいつなんだろう？」

ウォルターがいった。

「ただいま！」

階段《かいだん》の下から、グエンおばさんが声をかけてきた。

「たぶん、きょうだと思うよ」

わたしはいった。

「え？」

「きょう。ウォルターが留守番《るすばん》をまかされた日。もう午後だと思うけど」
ウォルターは、ちょっとのあいだ、きょとんとして、わたしを見ていた。で
も、すぐに目をむいた。
「まずいよ！　ぼくたち、屋根裏部屋《やねうらべや》にいるじゃないか！　ここに入っちゃい
けないっていわれてたんだぞ！」
わたしたちは大あわてでドアを開《あ》けると、階段《かいだん》を一段《だん》とばしにかけ下りた。
いちばん下まで下りたとき、コリンおじさんが大またで歩いてくるのが見えた。
「おや、そこにいたのか。屋根裏《やねうら》をうろつき回ったりしなかったろうな？」
コリンおじさんはあやしむような目でわたしたちを見た。
ウォルターとわたしはすかさず首をふり、「してません」と、同時に答えた。
「よろしい。まあ、家の中は片《かた》づいてるし、なにもこわれてないようだ。で、
ちょっとくらい、いたずらはしたのかな？」

ウォルターとスパッドとわたしは、顔を見合わせた。思わずにやにやしそうになっちゃう。

「いや、べつに。ぼくたち、おとなしく遊《あそ》んでたからね」と、スパッド。

「そりゃ、ざんねんだな。わたしが子どものころ、留守番《るすばん》をまかされたときには、ありとあらゆるいたずらをしたもんだが」

おじさんは口ひげ用のくしを取《と》り出《だ》すと、ゆうゆうと洗面所《せんめんじょ》へ向《む》かった。

「近ごろの子どもは冒険心《ぼうけんしん》がなくてこまる」

おじさんのぶつぶついう声が聞こえてきた。

第《だい》20章《しょう》　びっくりプレゼント

トリケラトプスの角の化石《かせき》をふってみた。中はからっぽ。わたしのおこづかいがなくなっちゃった。信《しん》じられないよ。ウォルターはどうやって見つけたんだろう？　角が空洞《くうどう》になってるって、どうしてわかったのかな？

部屋《へや》のドアが開《あ》いて、ウォルターがそっと入ってきた。ばつが悪《わる》そうな顔をしている。

「おこづかい、取《と》ったでしょ」

わたしはいってやった。

ウォルターは目をふせたまま、「うん、取《と》った」と答えた。

それから、ポケットに手をつっこんで、わたしのおこづかいを取《と》り出《だ》すと、ベッドの上へほうり出した。全部《ぜんぶ》ある！　四ドル四十セントぴったり！

「じゃあ、なんで取《と》ったの？」

わたしはたずねた。

「せっかくのびっくりプレゼントをむだにしたくなかったからな」

ウォルターはかばんの中からなにかを取《と》り出《だ》した。恐竜《きょうりゅう》ステッカーだ。これのために、わたしはおこづかいをためてきたんだけど。まさかウォルターが、自分のおこづかいで買ってくれるなんて！

「かんちがいするなよ。おまえが好《す》きってわけじゃないからな」

ウォルターはステッカーをさし出しながらいった。

「今でもおまえには、いらいらさせられるんだ。これまでどおり、ぼくのものにはさわっちゃだめだ。けど……」

「けど、なに？」

「けど、そのへんにいるくらいなら、まあいいさ。たまにはね」

ウォルターはわたしを軽《かる》くひとおしすると、ドアのほうへ歩いていった。そして、部屋《へや》を出る前、ふり返《かえ》っていった。

「ドアノブをなくしたのは、ざんねんだったな」

「そうだね」

「でも、たぶん、これでよかったんだ。今度《こんど》また、きのうみたいなことがあったら、生きのこれる自信《じしん》ないよ」

「うん、わたしもだよ」

必死《ひっし》で笑《わら》いをこらえるのってむずかしい。小さなうそをついたせいで、わたしのくちびるはぴくぴくけいれんした。

やっとウォルターが部屋《へや》を出ていった。

「ふうー」

わたしは顔のきんちょうをほぐして、交差《こうさ》させていた指《ゆび》を元にもどした。小さなうそをつくときは、中指《なかゆび》を曲《ま》げて人差《ひとさ》し指《ゆび》に重《かさ》ねておまじないをするといいんだよ。

わたしはベッドの下に手をのばすと、ドアノブをひっぱり出した。どっちみち、ウォルターにはぜったい見つけられなかったと思う。だって、ヴェロキラプトルのずがいこつの中にかくしてあったんだもん。

毎日、タイムトリップしようっていうんじゃない。ただ最後《さいご》にもう一度《いちど》、ガランサス将軍《しょうぐん》をぎゅっとだきしめたいだけ。かんたんだよ。屋根裏部屋《やねうらべや》へいって、かべの入り口からどうくつに入って、恐竜《きょうりゅう》をだきしめて帰ってくる。ね、きっとうまくいくと思わない？

作者　ニック・フォーク（Nick Falk）

オーストラリア・タスマニア在住の実践心理学者。著書に本書を含む「サウルスストリート」シリーズ（金の星社）「Billy is a Dragon」シリーズ（日本では未訳）など。

訳者　浜田かつこ

大阪生まれ。大阪府立大学卒業。電機メーカー勤務を経て翻訳に携わる。訳書に『サウルスストリート　大パニック！ よみがえる恐竜』『夢見る犬たち 五番犬舎の奇跡』『魔法がくれた時間』『魔術学入門』（以上、金の星社）『広告にだまされないために（池上彰のなるほど！ 現代のメディア）』『堆積岩（大地の動きと岩石・鉱物・化石）』（文溪堂）などがある。

画家　K-SuKe（けいすけ）

埼玉在住。1974年生まれ。2000年にゲーム会社コナミを退職し、以後フリーのイラストレーターとして活躍中。主な書籍に『サウルスストリート　大パニック！ よみがえる恐竜』（金の星社）『あそぼ！かっこいい！！ えさがしあそび』『超冒険迷路～異次元からの妖怪～』（以上、成美堂出版）など。また、近年では特撮番組のデザインにも携わり、「獣電戦隊キョウリュウジャー」「手裏剣戦隊ニンニンジャー」「宇宙戦隊キュウレンジャー」（以上、東映。テレビ朝日系列で放送）などで怪人等のデザインを担当。

サウルスストリート　タイムトリップ!? すすめ！ トリケラトプス

初版発行　2017年5月
第2刷発行　2019年8月

作　者　ニック・フォーク
訳　者　浜田かつこ
画　家　K-SuKe

発行所　株式会社 金の星社
〒111-0056　東京都台東区小島1-4-3
TEL 03 (3861) 1861（代表）
FAX 03 (3861) 1507
振替 00100-0-64678
ホームページ　http://www.kinnohoshi.co.jp
製版・印刷　株式会社 廣済堂
製本　東京美術紙工

NDC933　144p　19.5cm　ISBN978-4-323-05811-5